LHIMNE DES PRINCES.

ARGVMANT.

LA Nature ayant horreur de la malice des hommes va trouuer Iupiter pour le prier d'y mettre ordre, & de ranger chacun en son deuoir : Elle est exaucée, & Iupiter lui découurant les choses à venir lui fait voir la suitte de tous les Rois qui deuoient gouuerner le monde.

AV ROY.

FILLES *de Iupiter, Déesses des beaux Vers,*
Que vos tresors me soient maintenant découuerts,
Et par tant de faueurs enrichissez ma veine
Que je puisse charmer les Nimphes de la Seine,
Et qu'arbres & rochers touchez de ses apas
Suiuent pour m'écouter les traces de mes pas :
C'est pour ceux dont le front porte le diadême,
Et pour les Potentats que je fais ce poëme ;
Apprenez-moy d'où vient leur pouuoir absolu,
Et pour qu'elles raisons le Destin a voulu
Qu'étans dãs l'vniuers plus grãds que nous ne sõmes
Ils fussent établis dessus les autres hommes,

A

Et placez ici bas dans un si digne lieu
Que nous voyons en eux la Majesté de Dieu.
   Vous qu'on doit preferer à tous les autres Princes,
Non tant pour la grandeur de vos riches Prouinces
Que pour tant de vertus dont vous estes paré,
Monarque sans pareil digne d'estre adoré,
Race de mille Rois ou tout bonheur abonde,
Inuincible LOVIS le plus juste du monde
Auoüez d'vn clin d'œil le dessein de ces vers,
Et comme le premier des Rois de l'vniuers
Receuez cet ouurage où pour chacun j'étale
Aux yeux de vos sujets la puissance royale :
Mais laissez pour vn temps l'auguste majesté
Qui brille autour de vous ainsi qu'vne clairté,
Car estant ébloüi d'vne pompe si grande
Ie ne pourois jamais vous faire mon offrande :
Ainsi notre Apollon parut sans sa splendeur
Alors que Phaëton d'une pareille ardeur
Entra dans son Palais, & tout rempli d'audace
Voulut sauoir de lui s'il étoit de sa race :
Ie sçai que mon dessein est trop audacieux,
Et que je ne suis pas assez ingenieux
Pour traiter dignemant une chose si haute,
Mais quand il seroit vrai que je fisse vne faute
Qu'on ne pust expier sinon par le trépas,
Ie trouue à vous loüer de si charmans apas
Qu'il n'est point de rigueur dans la mort la plus rude
Qui pust me détourner d'une si douce étude :

En vain de toutes parts les Esprits enuieux
Me viendront controller d'un soin malitieux,
Ie les mépriserai quoi qu'ils me puissent faire
Pourueu que mon ouurage ait l'honneur de vous plaire.

    Déja le cours des ans ostoit le souuenir
De ce temps malheureux que Dieu voulut punir,
Et perdre dedans l'eau l'injustice du monde
Abismant en fureur les montagnes sous l'onde,
Et le peuple sans bride au pillage adonné
Dedans ses cruautez demeuroit obstiné,
Aucun ne s'assuroit dedans son heritage,
Quiconque étoit plus fort il auoit l'auantage,
Tout ordre étoit bani, l'injustice regnoit,
L'orfelin dépouillé vainemant se plaignoit,
Et suiuant son ardeur l'imprudente jeunesse
Méprisoit les conseils que donnoit la sagesse.
La Nature voyant que le vice impuni
Auoit des cœurs humains toute vertu bani,
Boüillante de colere, & de douleur atteinte
Se resolut d'en faire à Iupiter la pleinte,
Et sans plus differer dessus son char monta,
Chef-d'œuure qu'autrefois Vulcan lui presenta
En échange du feu qu'il auoit receu d'elle
Depuis qu'il fut chassé de la troupe immortelle,
Et que s'étant montré d'un art ingenieux
Il eut la qualité de forgeron des Dieux:
Bien que ce char fut d'or tout brillant de lumiere,
Sa façon toutefois surpassoit sa matiere,

L'ouurage n'auoit rien qui sentist le mortel,
Aussi jamais Vulcan n'auoit rien fait de tel;
Là d'un art nompareil ses mains industrieuses
Arrangeant au compas des pierres precieuses
D'un mélange agreable auoient subtilemant
Fait le portrait du Ciel, & de chaque élemant:
Douze petits Amours d'une gentille adresse
Comme les conducteurs du char de la Déesse
Y mirent sans tarder douze Aigles furieux
Qui deuoient l'enleuer jusques dedans les Cieux.
  Telle que fendant l'air de force non commune
Vne lance de feu monte au creux de la Lune,
Ou tel qu'aux jours d'esté quand le temps est serein
On peut voir vn Faucon genereux, & hautain
Poursuiure un grand Heron que la crainte conuie
Par une pronte fuite à conseruer sa vie,
La Nature vola d'vn mouuemant pareil
Dedans vn Ciel plus haut que celui du Soleil
Au dessus de celui d'où le Dieu de la guerre
Anime à la valeur les peuples de la terre:
Là parmi la splendeur d'vne viue clairté
Elle vid Iupiter illustre en majesté
Qui comme d'vne robe enuironné de gloire
Étoit pompeusemant sur son trosne d'yuoire,
Il auoit sur la teste une couronne d'or,
Les Rois n'ont rien de tel dans leur plus beau tresor,
Là mille diamans éblouissoient la veuë,
D'vn Sceptre precieux sa main étoit pourueuë

Ou Vulcan par son art auoit representé
Sa puissance infinie, & son autorité:
Pour la seconde fois il pensoit à détruire
Les hommes qu'au deuoir il ne pouuoit reduire,
La clemance humblemant embrassoit ses genous
Pour calmer la fureur de son diuin courous,
Et la Iustice aussi tâchoit à le resoudre
D'exposer les méchans à l'effort de son foudre:
Pas une ne vouloit à l'autre le quitter,
Mais quand il vid sa fille à ses pieds se jetter
Sans parade, & sans pompe, il calma sa colere,
Et la Deesse alors lui fit cette priere.

O puissance éternelle, Esprit de tous esprits
Que nul ne comprendra, ni n'a jamais compris,
Nompareille lumiere où l'on voit tout parestre,
Pere de l'vniuers a qui je doi mon estre,
Seigneur des autres Dieux, souueraine bonté
I'implore le secours de ta diuinité:
L'homme qui sur la terre à la premiere place
E'leue contre toi son insolente audace,
Et sur sa seule force il à mis son appui
Comme s'il ne tenoit son estre que de lui;
Le soin de l'équité ne touche point son ame,
Toujours en son esprit quelques desseins il trame,
Et recherche sans fin par quelle inuention
Il mettra ses voisins en sa possession;
Il fait aux gens de bien cruellemant la guerre;
Par ses impuretez il a soüillé la terre,

Toute chose est sans ordre, on méprise ma loi,
Et mes propres enfans s'éleuent contre moi :
Ne lasche pas pourtant la bride à ta justice,
Sauue ta creature, & ruine le vice,
Que la douceur te porte au salut des humains,
Et souuien toi qu'ils sont l'ouurage de tes mains,
E'tablis dessus eux quelque pouuoir suprême,
Afin de refrener cette licence extrême
Qu'ils prennent de mal faire, & d'auoir en mépris
Les reigles qu'en naissant je leurs auois apris;
Donne leurs vn Seigneur de la plus juste race
Qui soit au milieu d'eux assis comme en ta place
Pour retenir chacun aux termes du deuoir,
Reprimer les Tirans dont l'injuste pouuoir
Assujetit le foible à son obeissance,
Punir l'iniquité, maintenir l'innocence,
Et les armes en main faire que les mortels
N'osent plus desormais violer tes autels.
Grand Dieu dont l'vniuers adore les merueilles
Ne fai pas moins de grace à l'homme qu'aux abeilles,
Qui conduites d'vn Roi vont amasser le miel
Que l'Aurore amoureuse a fait tomber du Ciel,
Ainsi que ta grandeur d'eternelle durée
Puisse estre de ton peuple à jamais honorée,
Et qu'en-fin tout le monde abaissé deuant toi
Benisse ta clemence, & réuere ta loi.
    Ayant ainsi parlé, la crainte, & l'esperance
Tenoient également son esprit en balance,

Quand ce Dieu vénérable, & graue en son parler
De semblables discours la voulut consoler.
　Depuis qu'un vain orgueil à fait l'homme rebelle,
Et qu'ayant corrompu sa bonté naturelle
Il est de mes sentiers injustemant sorti,
Cent fois de l'auoir fait je me suis repenti;
N'agueres je pensois ouurir tous les abîmes
A la punition de ses horribles crimes,
Mais l'amour que pour toi je porte dans le cœur
De mon juste courous demeurera vainqueur:
Ma fille seulemant pour les tenir en bride
I'établirai des Rois qui leurs seruent de guide,
Et prescriuent des lois contre les vicieux;
On leur rendra l'honneur que l'on doit à des Dieux,
Et la Terre sera dessous eux asseruie,
Ils seront absolus sur les biens, & la vie
De tous ceux qui seront en leur sujétion,
Ie prendrai leur couronne en ma protection,
Ils ne releueront d'aucune autre puissance,
Les Princes à moi seul deuront obeissance,
Et pour quoi que ce soit nul sans impieté
Ne poura s'éleuer contre leur majesté:
Toujours quelque Furie, aux tresses de couleuures
Suiura l'esprit de ceux dont les tragiques œuures
Auront auec la perte, & la fin des estats
Tramé secretemant celle des Potentats;
Moi-mesme en ma fureur par dix mille suplices
I'en punirai l'Auteur auec tous les complices.

Et ne souffrirai point que les séditieux
Puissent jouir en paix de la clairté des Cieux.
 Il parla de la sorte, & d'un signe de teste
Fit mouuoir tout le Ciel accordant sa requeste.
 Au deuant de ce Dieu dans des tables d'airain
Se lit de nos Destins un arrest souuerain,
On y voit clairemant toutes les auentures,
Le passé, le present, & les choses futures:
Il lui découurit là ceux que d'vn juste chois
Il auoit destinez pour imposer des lois,
Et tenir dessous eux l'Empire de la Terre:
Les vns apparoissoient illustres pour la guerre,
D'autres que la douceur rendoit victorieux
Aqueroient par la paix un renom glorieux :
Et parmi ces Heros les pompeuses Princesses
Paroissoient aupres d'eux ainsi que des Déesses.
 Bélus fut le premier qui parut à ses yeux
Grand de corps, & d'esprit, superbe, audacieux,
Qui rauageant les champs d'incroyable furie
Fit craindre en mille lieux l'Empire d'Assirie.
Elle te vid apres, noble Sémiramis,
Qui pour te maintenir contre tes ennemis
La premiere as fermé ta Ville de murailles,
Et t'exposant toi-mesme au milieu des batailles
As si bien combatu, que la posterité
Vante encor aujourd'hui ta générosité.
Et toi qui par le bruit de ta rare sagesse
Attiras de Sabée une grande Princesse

Pour

Pour te voir sur ton Trosne à nul autre pareil
Surpasser en beauté la Lune, & le Soleil :
O riche Salomon, merueille sans exemple,
Superbe fondateur d'un magnifique Temple,
Ta pompe, & ton éclat firent lors demeurer
Longuemant la Nature à te considerer.
L'indontable Cyrus à qui l'air du vilage
Ne put aucunemant abaisser le courage,
N'ayant rien de Berger que l'habit seulemant
Etoit dans cette troupe assis pompeusemant.
Alexandre fatal à la gloire des Perses
Y meditoit déja ses conquestes diuerses :
Et vous grands Empereurs, redoutables Cesars
Qui faisiez tout ployer dessous vos étendars,
Douëz d'vne puissance à nulle autre seconde
Vous apparessiez là comme Seigneurs du Monde.
Elle auoit remarqué tous les Princes Romains,
Les vns peres du peuple, & d'autres inhumains,
Alors qu'elle aperceut la fleur d'une autre race
A qui l'Aigle deuoit abandonner la place.

   Tel qu'vn Prince étranger arriuant à la Cour
Est raui des beautez de ce diuin sejour,
Il admire le Louure, il voit ses galeries,
Rien ne lui semble beau comme les Tuilleries,
Et puis apperceuant l'éclat des Courtisans,
Superbes, genereux, gentils, & complaisans,
Transporté des douceurs dont leur troupe est pourueuë
Il croit n'auoir rien veu si digne de sa veuë,

Mais alors qu'on le meine au Cabinet du Roi,
Son cœur se trouue émeu, son ame est hors de soi,
La pompe, & la splendeur de ce lieu venerable
Lui font voir qu'il n'est rien qui leur soit comparable
Et pense auec raison estre dedans les Cieux
Y voyant Iupiter accompagné des Dieux.
Telle cette Déesse, admire ces Monarques
Dont les noms immortels ont triomphé des Parques,
Trajan pere du peuple, & le sage Antonin,
Alexandre Seuere, & le grand Constantin
Dont les faits ont rempli les terres plus étranges,
Auoient esté jugez dignes de ses loüanges:
Mais quand elle aperceut cette suitte de Rois
Qui feconde en empire, & puissante en ses lois
Deuoit mettre son Trosne aux riues de la Seine,
Leur fameuse grandeur mit son esprit en peine,
Et ne pouuant assez à son gré les loüer
La simple verité la força d'auoüer
Que dans les actions plus dignes de memoire
Elle n'auoit rien veu de pareil à leur gloire.
Déja pour contenter son desir curieux
Elle consideroit les actes glorieux
De tous ces grands Heros dont la valeur insigne
Seule de commander aux François étoit digne,
Quand ce grand Iupiter faisant ouir sa vois
Commença de parler pour la seconde fois.
Ces Princes que tu vois du noble sang de Troye
Par leurs armes auront tout l'uniuers en proye;

Leurs illuſtres vertus obligeront vn jour
Toutes les nations à leur faire la cour :
Vn des enfans d'Hector abandonnant l'Epire
Que ſon oncle Helenin tiendra ſous ſon Empire
Apres que les Troyens ſe ſeront veus trahis,
Et chaſſez par les Grecs du ſein de leur païs,
L'ame diuinemant de vertus enrichie
Dans les Gaules ira fonder leur Monarchie :
Il doit eſtre nommé du beau nom de Francus,
Les perils de la mer ſeront par lui vaincus ;
Afin qu'il ne periſſe, il aura la Fortune
Pour conduire ſa flotte en dépit de Neptune;
Auec de l'allegreſſe il verra ſur les flots
Voguer toute ſa troupe au gré des matelots :
A main gauche ayant veu du haut de ſon nauire
Paroiſtre dans la mer les Iſles de Corcire,
D'Itaque, & de Zacynte, il ira plus auant
Doubler le mont Tenare, & pouſſé d'vn bon vent
Il paſſera Cythere, & le chef de Malée;
Là l'onde de la mer paroiſtra plus enflée,
L'orage augmentera, le vent ſera plus fort,
Francus verra par tout l'image de la mort,
Alors que l'aßiſtant d'une faueur ſecrette
Ie le ferai jetter au riuage de Crete :
Le Roi de ce païs lui faiſant bon accueil
Semblera retirer ſa flote du cercueil :
Ce braue fils d'Hector digne de ſa naiſſance
Fera pareſtre là ſon illuſtre vaillance;

B ij

Il paſſera l'hiuer dedans ce beau ſejour:
Mais dés que le printemps ſe verra de retour,
Et que Flore amoureuſe au gré du dous Zephire
Verra dedans les prez renaiſtre ſon Empire,
Ce Heros immortel à nul autre pareil
Ayant refait ſa flotte, & dreſſé l'apareil
De tout ce qu'il faudra pour faire ſon voyage,
Se mettra deſſus mer en pompeux equipage;
Les Alcions pour lui naiſtront deſſus les eaux;
Vn fauorable vent conduira ſes vaiſſeaux:
Ayant à ſes deſſeins toutes choſes proſperes,
A main droite il verra le tombeau de ſes peres;
Vn ſi funeſte objet le comblant de douleurs
Tirera de ſes yeux deux fonteines de pleurs:
Deuant qu'à la raiſon ſa triſteſſe ait fait place
Il outrepaſſera le Boſphore de Thrace,
Et flotant à l'endroit ou couuert de roſeaux
Le Danube en grondant va décharger ſes eaux
Il ira contremont deuers la Panonie
Suiui ſuperbement d'une troupe infinie:
Ce Fleuue glorieux d'un ſi digne fardeau
Fera bruire ſon onde autour de ſon vaiſſeau;
Les Nymphes le ſuiuront juſques ſur le riuage
Ou cette fois il doit terminer ſon voyage:
Là faiſant jetter l'ancre, & ſe deſambarquant,
Il baiſera la Terre, & les Dieux inuoquant
Fera deſſus la riue un deuot ſacrifice
Afin que toute choſe à ſes vœux ſoit propice.

Quand il aura par tout bien remarqué les liew.
Il doit faire bâtir d'un art laborieux
La ville de Sicambre au milieu d'une pleine ;
Déja croyant auoir sa demeure certaine,
Et passer en ce lieu le reste de ses jours
Le Dieu de qui la Seine à l'ordre de son cours
S'aparoissant à lui portera son courage
A gaigner sur ses bords un nouuel heritage:
Dedans une belle Isle il bâtira Paris
De qui les murs seront par les Dieux si cheris
Que cette noble Ville à nulle autre seconde
Doit estre quelque jour la merueille du monde.

    Apres beaucoup d'exploits tout couuert de lauriers
Menant auecques lui ses plus jeunes guerriers
Il reucrra Sicambre, où viuant sans enuie
Aimé de tout le peuple il passera sa vie ;
Longuemant apres lui sa race y regnera,
Tant que dessous Auguste on la transportera
Pres le fleuue du Rhin , qui le tenant à gloire
Croira sur le Danube obtenir la victoire.
Ces peuples genereux depuis ce changemant
Randus plus aguerris maintiendront puissammant
L'autorité Romaine aux terres plus étranges ;
Il ne trouueront point d'assez dignes loüanges ;
Alors la Renommée en langages diuers
Publira leur vaillance au bout de l'vniuers:
Le desir de franchise, & leurs puissantes forces,
Et tant d'actes fameux leurs seruiront d'amorces

A rejetter bien loin la loi des Empereurs;
Et voyans de chacun redouter leurs fureurs,
Eleuez de courage, au mépris de l'Empire,
Ils éliront pour Roy le fils de Marcomire
Qui par les coups diuers de ses pesantes mains
E'branlera l'Estat des Empereurs Romains.
Apres lui Clodion conduira son armée,
De butin, de conqueste, & de gloire affamée,
Dans la Gaule belgique, & fauori de Mars
Sur les murs de Cambrai mettra ses étendars.
Le vaillant Meroüée augmentant son domaine
Rangera sous ses lois le païs de la Seine;
Et lors tous les François ensemble réunis
Se feront reconnoistre en des lieux infinis;
Le redoutable Dieu qui preside à la Thrace
Ira de sa presence animer leur audace.
Exemple de valeur, inuincible Clouis,
Les rudes Allemans sous ton joug asseruis
Ne pourront soutenir l'effort de tes gens-d'armes:
Le Roi de Vuisigots éprouuera tes armes,
Et te voyant doüé d'un pouuoir plus qu'humain
Se tiendra bien-heureux de mourir de ta main:
L'Empereur d'Orient ébloüi de ta gloire
T'enuoira visiter apres cette victoire :
D'une commune voix chacun t'aplaudira:
Le riuage du Clain par tout retentira
De la clameur des tiens, & le mur d'Angoulesme
A ton premier abord s'abatra de lui-mesme

Pour te faire passage, & receuoir ta loi:
La Gloire aux ailes d'or volera deuant toi;
Et lors les fleurs de Lis dans ton écu plantées
De chaque nation se verront redoutées.
Et toi Charles Martel fameux par mille exploits
Tu conduiras aussi l'Empire des François:
Prudent & courageux tu dois voir en campagne
Et pres de Tours combattre un grand peuple d'Espagne
Ta vaillance faisant d'incroyables efforts
Tu couuriras les champs de trois cent mille morts,
Et le Loire irrité verra cette journée
Du sang des Sarasins son onde profanée.
Pepin doit succeder à tes rares vertus:
Ses ennemis seront à ses piés abatus,
Et du desir de gloire ayant l'ame échauffée
Il se doit éleuer vn glorieux trofée.
Charlemagne apres lui dans le Trosne monté
Receura les honneurs dus à la Royauté:
Les Alpes qui verront ses fameuses conquestes
Humbles dessous ses piés abaisseront leurs testes:
Il mettra sous le joug les superbes Lombards,
Et puis faisant ailleurs porter ses étendars,
Aprés auoir reueu les campagnes de France,
Ira de-là le Rhin châtier l'arogance
Des rebelles Saxons qui de trouble, & d'effroi
Mettront les armes bas, & receuront sa loi.
Ce fauori des Dieux suiuant ses destinées
Doit aussi surmonter les hauts monts Pyrenées;

La grandeur de son nom à son auenemant
Au cœur des Sarasins mettra l'étonnemant :
Porté dessus le Char qui sert à la Fortune,
Apres auoir rompu les murs de Pampelune
Il y fera loger son camp victorieux
Qui d'aise chantera ses actes glorieux :
Roland, Ogier, Renauld, trois foudres de la guerre
Se feront estimer parmi toute la Terre,
Et lors la Renommée aura trop peu de vois
Pour publier par tout la vertu des François :
Ces Heros deferont Aigoland en bataille
Ou Charles paroissant de la plus riche taille,
Le plus grand, le plus fort, & le plus genereux
S'exposera lui-mesme aux lieux plus dangereux
Passant de tout le chef le reste de sa bande,
Tel qu'un Chesne sacré qui comme Roi commande,
Et bien haut dedans l'air étendant ses rameaux
Semble imposer des lois aux petits arbrisseaux.
Au Trosne des Cesars on le verra parestre ;
Chacun le connoistra pour Seigneur, & pour maistre ;
Ses vaillans Cheualiers endurcis aux trauaux
Feront dans le Danube abreuuer leurs cheuaux ;
Et les peuples plus fiers de crainte de son ire
Abaisseront le col au joug de son Empire.
Par tant d'actes diuers de generosité
Se faisant vn chemin à l'immortalité,
Tel que le grand Hercule ; ou que Mars de la Thrace
Entre les autres Dieux il viendra prendre place.

Voice

Voi ce grand S. LOVIS qui par sa pieté
Se fera reuerer comme une Deité;
Dessous lui les Vertus se verront estimées;
Il ira conquerir les palmes Idumées;
Ses gens feront trembler le peuple de Memphis;
Les barbares par lui se verront déconfis,
Et témoignant par tout sa valeur heroïque
Il se rendra fameux aux terres de l'Afrique:
C'est de lui que viendra la maison des Valois,
Et celle des Bourbons qui donnera des lois
Aux Princes de l'Asie, & pleine d'allegresse
Des fers de Mahomet deliurera la Grece.
Le grand François sera pareil aux Demi-dieux
Que l'extreme vaillance à mis dedans les Cieux;
Ses triomphes diuers étonneront la Terre,
Le Suisse,& le Lombard l'éprouueront en guerre;
Il forcera Milan d'obeir à sa loi,
Et ses fils apres lui qui rempliront d'effroi
Tous les peuples voisins d'une puissante armée
Qui paroistra toujours au combat animée
Reigneront comme Dieux sur des peuples diuers,
Et leur bruit deuiendra plus grand que l'vniuers.
Ce Charle de Valois, & ce Henri son Frere
Seront imitateurs des vertus de leur Pere;
Les Muses de leur temps se verront estimer;
La Victoire à leurs faits se laissera charmer,
Et pour leurs actions d'eternelle memoire
Iarnac,& Moncontour les couuriront de gloire.

Henri toujours vainqueur apres eux doit regner;
Tout ce que la Vertu peut aux Rois enseigner
Pour se bien acquiter des charges d'un Empire,
Et retirer de peine un peuple qui soupire
Sera dedans l'esprit de ce Roi genereux;
Tous ses combats auront des succez bien-heureux,
Et sa grande valeur dedans la pleine d'Arques,
Et dans celle d'Iuri laissera tant de marques,
Et de tant de lauriers il sera couronné
Que le surnom de Grand lui doit estre donné.
Quelque puissant effort qu'à l'en-contre on apreste
La victoire toujours couronnera sa teste;
Ou si quelqu'un se peut declarer son vainqueur
C'est seulemant l'Amour qui blessera son cœur
Lui faisant adorer la diuine MARIE
La gloire & l'ornemant de toute l'Hetrurie,
Qui devra sa naissance à ces grands Medicis
Qui seront quelque jour entre les Dieux assis.
Dés que cette Déesse ainsi qu'une merueille,
Aura graué ses pas aux riues de Marseille,
Le terrible Demon qui preside aux combas
Mettra son insolence, & sa fureur à bas;
La Paix rétablira les campaignes de France;
Auecque le trauail se joindra l'esperance,
Et tous les Laboureurs remis en leur maison
Verront renaistre encor cette heureuse saison,
Ou la Terre par tout produisoit toute chose;
Quelque felicité que l'homme se propose

Il en receura plus qu'il n'aura souhaité ;
La France reprendra sa premiere beauté,
Et ses Lis immortels en ce temps feront ombre
En mille lieux diuers à des peuples sans nombre :
Henri victorieux de tous ses ennemis,
Pour jouïr du repos qu'en France il aura mis,
Faisant voir en tous lieux la pompe, & l'allegresse
Receura dans ses bras cette belle Princesse ;
Les Graces, & l'Amour, Himen, les Ieux, les Ris
Seront tout l'entretien des peuples de Paris :
De ce couple diuin LOVIS prendra naissance,
Des Astres receuant la meilleure influence ;
Les celestes Vertus à sa natiuité
Empliront son esprit d'une Diuinité ;
Là sans reserue aucune étalant leurs richesses
Ces Nymphes lui feront mille douces caresses
Iettant à pleines mains des lis sur son berceau ;
Les trois Parques iront filer sur leur fuseau
Vne si belle vie auec l'or & la soye ;
Les François danceront autour des feux de joye,
Et tous leurs ennemis d'un effroi sans pareil
Trembleront au leuer de ce nouueau Soleil :
Dés sa tendre jeunesse il prendra la couronne,
Desireux de Vertu, sans égard de personne
Il regira la France auecques l'équité ;
La Iustice toujours suiura sa Majesté ;
Aussi ce grand Monarque à ses surnoms d'Auguste,
D'Inuincible, & de Fort, joindra celui de Iuste :

C ÿ

Ce Prince genereux deuant toute sa Cour
Doit parestre chargé des chaisnes de l'Amour,
Et deuenu captif, sous-mettre son courage
Aux diuines beautez d'une Nymphe du Tage
Dont l'illustre Maison feconde en Demi-dieux
Aura superbemant le front dedans les Cieux:
Contemple le destin de ce grand Himenée;
Que de felicitez depuis cette journée
Arriueront en France! & qu'en de lieux diuers
Sa gent victorieuse effrayra l'vniuers!

    Grand Roi qui surmontant les trauaux de la guerre
Donnez de la frayeur aux peuples de la Terre,
Iupiter dans le Ciel parloit ainsi de vous
Quand la Nature encore embrassa ses genoux,
Et le remercia, l'ame toute rauie
De contempler le cours de votre illustre vie:
A vos grandeurs aussi que peut-on comparer?
Votre ame à les vertus qu'on y peut desirer;
Vous estiez jeune encore, & toutefois le foudre
Lancé de votre main à tout reduit en poudre;
Les montaignes de Foix pleines d'étonnemant
Ont vu vos Regimans combattre vaillammant,
Deuant qu'en ce païs la pronte Renommée
Leur eust presque anoncé l'abord de votre armée:
Là parut la grandeur de votre pieté;
Aux Temples profanez, & sans Diuinité
Vous randistes la Messe, & mistes en franchise
Dessous vos puissans bras les saintes gens d'Eglise:

Le Ciel recompensa cette bonne action :
Tel que sortit Hector des rempars d'Ilion
Puissammant soustenu d'une superbe suitte
Pour assaillir les Grecs qu'il tourna tous en fuitte
Portant en leurs vaisseaux & la flame, & le fer ;
Tel pour punir l'orgueil de ce monstre d'Enfer
Qui des seditieux échauffoit le courage
Vous vous fistes paroistre en cét heureux voyage
Ou sainct Iean d'Angeli ruyné pour jamais
Vid son peuple reduit à demander la paix :
Dans l'Isle de Rié le grand Dieu de la guerre
Conduisant vos soldats courut toute la terre
De vos traistres sujets ; de peur de vous fâcher
Neptune n'osa pas de leur flotte approcher ;
Son onde qui ne peut endurer d'immondices
Pour ne porter des gens soüillez de tant de vices
S'en recula bien loin, & sans aucun suport
Leur fit faire naufrage en l'azile du port.

   Mais qui pouroit jamais dans les plus longues veilles
Décrire la moitié de vos rares merueilles,
Et tant d'autres succez ou la faueur des Dieux
A porté votre Nom jusques dedans les Cieux ?
Quiconque à le bon-heur d'aller sous vos auspices
Rencontre à ses desseins toutes choses propices ;
Le bruit de votre Nom couronne de lauriers
Au milieu des combats le front de vos guerriers ;
L'Anglois dernier espoir de vos peuples rebelles
Dedans l'Isle de Ré pressoit vos Citadelles,

Et la Mer tout au tour couuerte de vaiſſeaux
Voyoit ſous leur pouuoir aſſujettir ſes eaux ;
Toutefois puiſſant Roi le plus grand des Monarques
Vous les miſtes en fuitte auec de ſimples barques,
Tout vous rendit hommage , & l'ennemi batu
Du bord ou vous eſtiez ſentit votre vertu ;
La Rochelle fremit apres cette victoire,
Et voyant proſperer le cours de votre gloire
Plaine de factions elle perdit l'eſpoir
De ſouſtenir ſes murs contre votre pouuoir.
De tout temps votre Empire eſt cher aux Deſtinées ;
Vous mettrez ſous le joug les villes mutinées,
Et la rebellion verra ſur ſes rempars
L'image de la Croix dedans vos étendars.
On ne voit point de Roi ſi parfait que vous eſtes
Le Ciel comble vos jours de graces manifeſtes ;
Vous auez vne Mere à qui rien ne defaut
Pour conduire à ſa fin le deſſein le plus haut
Son ame a la valeur conjointe à la prudence,
Et durant l'heureux cours de toute ſa regence
Elle a ſi bien agi que ſes actes diuers
Vous ont fait redouter par tout cét vniuers.
La Nymphe que l'Amour, & le dous Himenée
Vous ont ſelon vos vœux pour compaigne donnée
Poſſede tous les dons que l'on peut ſouhaiter,
Et rien à ſa Vertu ne ſe peut adjoûter.
Votre Frere eſt vn Prince où déja l'on contemple
La ſuprême vaillance ainſi que dans ſon Temple.

L'ardeur dont il ſe porte à vaincre les dangers
L'a rendu redoutable à tous les étrangers,
Et déja ſa ſplendeur éblöüit tout le monde
Des miracles diuers dont ſon hiſtoire abonde.
Dedans votre Conſeil on voit des Demi-dieux
Dont la rare ſageſſe éclate en mille lieux:
Votre grand RICHELIEV d'vn Zele incomparable
Vous y rend un ſeruice à jamais memorable,
Et ſi ſes juſtes vœux dans le Ciel ſont ouïs
Les Rois feront hommage aux autels de LOVIS,
Et votre Majeſté doit eſtre enuironnée
D'vne ſplendeur que Dieu n'a point encor donnée;
  Qu'aidé de ſes faueurs puiſſiez-vous quelque jour
  Forcer toute l'Aſie à vous faire la cour.
  Qu'à vos Lis le Croiſſant abandonne la place;
  Que le mur de Memphis craigne votre menace,
  Dieu veuille deſormais tous vos vœux exaucer;
  Que tous vos ennemis ſe voyent terracer,
  Que puiſſiez vous grand Roi viure à longues années,
Et que jamais ne ſoient vos conqueſtes bornées
  Que quand la Terre en fin ſoumiſe à votre loi
Ainſi qu'il n'eſt qu'un Dieu ne connoiſtra qu'un Roi.

N. FRENICLE.

CANTIQVE

SVR LA GVERISON DV ROY,

l'année mil six cens vingt-sept.

Dieu qui des justes Rois est la garde assurée
Fait reuoir en santé notre diuin LOVIS;
La fiévre s'est en fin de son corps retirée,
Et nos malheurs aussi se sont éuanoüis.

Les superbes Anglois qui sur notre misere
Pensoient de leur grandeur jetter le fondemant
Verront bien-tost finir leur fortune prospere,
Et de leur vaine audace auront le chatimant.

Si tost que notre Roi sera dans son armée
Il donnera la peur à tous nos ennemis,
Et la rebellion au desordre animée
Perdra tout le bon-heur qu'elle s'étoit promis.

Seigneur qui presidez sur le fort des batailles
Vous conduirez ce Prince en ses actes diuers,
Et les mutins verront de dessus leurs murailles
Sa gloire incomparable étonner l'vniuers.

Craintes, pleurs, & soupirs faites place à la joye;
Delices maintenant venez à votre tour;
Que Paris jusqu'aux Cieux ses cantiques enuoye,
Et que les jeux publics entretiennent la Cour.

Vous

Vous, illustres Seigneurs, courez à la barriere ;
Peuple passez le temps en mille beaux ébas
Tandis que les Anglois feront leur Cimetiere
Où leur orgueil pensoit nous pouuoir mettre à bas.

Qu'on entende par tout la flûte, & la musette ;
Bergeres de Poictou conduisez vos troupeaux
Sans craindre desormais qu'une embusche secrette
Enleue sans pitié vos plus tendres aigneaux.

Les armes de LOVIS feront dessus la Terre
Régner absolumant la Iustice, & la paix,
Et les maux qui toujours accompagnoient la guerre
Dessous un si grand Roi cesseront desormais.

O peuples loüez DIEU pour le salut d'un Prince
Qui vous doit acquerir mille prosperitez,
Et sans fin publiez de Prouince en Prouince
Qu'il n'est rien au dessus de ses grandes bontez.

C'est le bras du Tres-haut qui maintient un Empire,
Et les Rois ont de lui leur établissemant ;
On le doit reuerer, car c'est aussi son ire
Qui détruit leur grandeur jusques au fondemant.

CANTIQVE
Sur la defaite des Anglois en l'Isle de Ré.

SVprême Protecteur de l'honneur des François ;
Grand DIEU qui maintenez la Majesté des Rois,
Et les faites assoir au Trosne de la Gloire,
Que pouuons nous vous rendre égal à vos bontez ?
Et que laisserons nous au Temple de Memoire
Digne de la grandeur de nos prosperitez ?

Les Anglois oublieux de leurs malheurs paßez,
Et d'une vaine audace en nos terres poußez
A notre grand Monarque ont declaré la guerre ;
Mais, grace à votre bras, il eſt victorieux,
Et tenant à ſes pieds l'orgueil de l'Angleterre
Il emplit l'Vniuers de ſon Nom glorieux.

Ce puißant appareil de ſuperbes vaißeaux
Qui ſembloit aſpirer à l'Empire des eaux
A fait de vains efforts contre nos Fortereßes;
Leur pompe à diſparu deuant les fleurs de Lis;
On ceße de parler de leurs feintes proüeßes,
Et leurs plus grands deßeins ſe trouuent abolis.

Seigneur continuez de nous fauoriſer;
Que nos fameux guerriers puißent s'eterniſer
Faiſant de l'Angleterre une belle conqueſte;
Que votre peuple en fin hors de captiuité
De lauriers eternels ſe couronne la teſte,
Et beniße en ſes cris votre Diuinité.

Faites que nous ſoyons l'effroi des étrangers ;
Veillez ſur notre Prince au milieu des dangers ;
Donnez à ſes deſirs toutes choſes proſperes ;
Rendez les plus heureux de ſa gloire ébloüis,
Et qu'ayant ſurpaßé la grandeur de ſes Peres,
Tout le monde fléchiße au ſeul Nom de LOVIS.

N. FRENICLE.

www.ingramcontent.com/pod-product-compliance
Ingram Content Group UK Ltd.
Pitfield, Milton Keynes, MK11 3LW, UK
UKHW020005130726
13694UKWH00005B/2095